EXTRAORDINAIRE
ARRIVE'E
DV BVRLESQVE
ON
DE CE TEMPS,
QVI SCAIT, QVI FAIT
& Qui dit toutes les particularitez
du siege de Cambray.

Auec vn sommaire de l'ordre du festin fait aux
Generaux & Parlement d'Angleterre,
par les Communes.

D'Où vient ce Courrier hors d'haleine,
Vrayement il prend bien de la peine,
Et picque en double carillon,
La mazette du postillon,
Ne sçauroit arpenter si viste;
Le voila qu'il descend au giste,
Allons, & sçachons s'il vous plaist,
Ce qu'il veut dire, & quel il est,
Cét estaffier de renommée·
Ha! c'est qu'ON reuient de l'armée,
Ie croy qu'il nous va dire au vray,
L'estat du siege de Cambray,
C'est vne belle & bonne place,
Le bon Dieu nous fasse la grace,
D'en auoir vn si bon succez,
Que nous gaignions nostre procez.

H

Sans vous tenir plus en balance,
En vous faisant la reuerence,
ON vous dit pour vous couper court,
Que le vaillant Comté d'Harcourt,
Le General de noftre armée,
Dont l'ame de gloire animée,
N'entreprend que de hauts exploits,
Fit le vingt-cinq de l'autre mois,
Apres vne exacte reueuë,
De crainte de quelque beueuë,
Détacher de nos Regimens,
Deux mille cinq cens Allemands;
Pour s'en aller à la fourdine,
Sans fonner tambour ny buccine,
A Vauchelles paffer l'Escau,
Et fe planter *de Gallico*,
Proche la place auant l'aurore :
De plus il fit marcher encore,
Quatre mille fur des rouffins,
Auec deux milles fantaffins,
Choifis dans nos trouppes Françoifes,
Et, non pas pour appaifer noifes,
Quatre pieces de gros canon,
Pour inueftir à l'enuiron,
De l'autre cofté cette ville,
ON fit marcher à double fille :
Sous deux chefs prudens comme il faut,
Villequier & Ferté-Imbaut,
Noftre lefte caualerie,
Puis en fuitte l'Infanterie,
Et le canon fur fes affufts,
Pour tonner en cas de reffus,
Le General marchant en tefte,
Plus redouté que la tempefte.
  Quelques ennemis deftachez,
Dedans vn bois s'eftoient nichez,
Pour faire quelque picorée,

Mais dedans vne eſchauffourrée,
Où le Regiment de Fabry,
Auec vn grand houlleuary,
Leur donna viuement la chaſſe,
Les vns aſſommez ſur la place,
D'autres ſauuez du chamaillis,
Happans bruſquement le taillis,
Deux douzaines dit-ON reſterent,
Que nós bons drilles garotterent,
Apres les auoir ſoulagez,
De l'or dont ils eſtoient chargez,

   L'affaire eſtant premeditée,
Ou pour mieux dire concertée,
Entre le corps des Allemands,
Et celuy de nos Regimens,
Aux ennemis, qu'il s'ennoye
Qu'autant le leur comme lenôſtre,
Se trouueroit de part & d'autre,
Quand ON vit loriir Bouch,
Dés le matin du iour ſuiuant,
De cauilliers vne coherre,
De Villequier eut l'induſtrie
Auecques ſa caualerie,
De s'y rendre, ou trois bourguignons,
Aurrement dits mangeurs d'oignons,
Qui tomberent deſſous les griffes,
De nos allaigres eſcogriffes,
La'yant aſſeuré qu'à deſſein,
Entre cette ville & Bouchain,
Deux Regimens faiſoient grimaſſe,
De ſe ietter dedans la place,
Sans s'amuſer a conſulter,
Il partit pour les affronter,
Et ſe ſaiſir de l'aduantage,
En les arreſtant au paſſage,
Et faire deſſus eſquouaco,
S'ented en cas qu'entre l'Eſcau,
Et ſes trouppes il les peut prendre,
Ou ſi comme ON luy fi entendre,

Ces Vvalons, & ces Irlandois,
Entre nos Reiſtres & François,
Eſtoient rencontrez par meſgarde;
En leur donnant quelque nazarde,
Qu'les attirant vers Bouchain,
Faire approcher de main en main,
Les Allemands, & tant derriere,
Que deuant leur tailler croupiere.
  Mais au lieu d'aller au galop,
Nos Allemands tarderent trop,
Et ces longueurs & ces demeures,
Qui durerent prés de quatre heures,
Nous penſerent faire enrager;
Et donnerent bien à ſonger,
Aux ennemis, qui ſans demordre,
Se tinrent cois & bien en ordre,
ꝓour deſcouurir noſtre deſſein :
Quand ON vit ſortir Bouchain,
De caualliers vne cohorte,
ꝗui leur vinrent ſeruir d'eſcorte,
ꝓour les ietter dedans Cambray,
Ils y furent donc, & de vray,
Cela leur fut aſſez facille,
Sçachans les chemins de la ville,
ꝗui n'eſtoient que des deffilez,
Et certains détours bricollez,
Ou, qui les eut voulu pourſuiure,
Euſt ſans doute eſté las de viure;
Mais comment nous approcher d'euxi
La riuiere eſtant entre deux,
ꝺe les bleſſer nous n'auions garde,
A moins que des coups debombarde;
Il fallut donc ſe contenter,
ꝺe les voir & de les conter,
Ils eſtoient bien trois cens ſoixante,
Ou quatre moins, que ie ne mente.
  Le ſieur de Villequier faſché,

Que l'Escau l'auoit empesché,
De faire vne telle capture ;
Ne trouua point d'autre ouuerture,
Pour executer son dessein,
Que de faire battre vn moulin,
Dont le Pont faisoit vn passage,
De l'vn iusqu'à l'autre riuage,
Par où ses gens deuoient passer,
Pourueu qu'ON le fit abaisser.
Le canon estant necessaire,
Pour executer cette affaire,
Au Comte d'Harcourt, Caualiers,
Postillons, Courriers sur Courriers.
Furent despeschez sans relasche,
Mais encor que l'ON prist à tasches
De diligenter ce moyen,
Ces Vvalons drillerent si bien,
Que cét effort fut inutille ;
Ils estoient des-ja dans la ville,
Et le canon fut amené,
Comme moutarde apres disné.

   Le Comte d'Harcourt qui deteste,
Pour empescher d'entrer le reste,
Choisit comme ON luy conseilla,
Du plessis Belliere, & Broglia,
Auec pieces de batterie,
Affin que la Cauallerie,
Faute de bac ou de batteau,
par ce moulin peust passer l'eau.

   Mais nos Allemands d'Allemagne,
Au mesme temps dans la campagne,
parurent assez eschauffez ;
Car ON les auoit rebiffez,
Et les habitans de Vauchelle,
Leur auoient fait vne querelle,
Et s'estoient mis quatre ou cinq cent,
pour boucher ce chemin passant ;

I

Si bien, comme ON dit que les noſtres,
Contraints d'en aller chercher d'autres,
Beaucoup moins aiſez & plus loin,
Mirent plus qu'ils n'eſtoit beſoin;
Mais pour punir cette canaille,
ON les chauffa d'vn peu de paille,
Et l'ON conuertit leurs maiſons,
En des cendres & des tiſons,
pour à leur deſpens rendre ſages,
Les manans des autres villages.

Enfin le ſoir du meſme iour,
Tous nos gens eſtans de retour,
Et le reſte de noſtre armée,
Eſtant dans la plaine arriuée,
Tant fantaſſins que caualliers,
Furent rangez dans trois quartiers.

Le premier en preeminence,
Deſtiné pour ſon excellence,
Vers Bouchain, fut à ſon deffaut,
Regi par la Ferté-Imbault,
De qui l'humeur eſt aſſez prompte,
General ſous mondit ſieur Comte.
ON donna le ſecond quartier,
Au General de Villequier,
Du coſté de Doüay : pour l'autre,
Le ſieur Ohem vn bon Apoſtre;
En receut les commandemens,
parce qu'ils ſont Allemands;
ON les mit du coſté de France,
Et ce chef commande en l'abſence,
D'Erlac à Perronne allité,
pour certaine incommodité.

Le lendemain de ce iour meſme,
C'eſt à dire le vingt-cinquieſme,
Lignes de circonuallation,
Sans diſcontinuation,
A res auoir eſté tracées,
Furent tout à bon commancées,

Diſtantes de quinze cens pas,
De la place ; ON ne donte pas,
Cette diſtance eſtant connuë,
De leur ſpacieuſe eſtenduë;
Certains Vvalons & Gaſtadours,
Y ſont occupez tous les iours,
Qui furent pris par le ſoudrille,
En voulant entrer dans la ville;
De laquelle le Gouuerneur,
Pour maintenir le poinⅽt d'honneur,
Fait ſi bien petter le ſalpeſtre,
Pour taſcher de faire biſſeſtre,
Qu'il eſt beſoin de depeſcher,
Pour nous couurir & nous cacher:
Mais ON croit que cette cholere,
A mine de ne durer guere,
Et qu'il ne ſe repoſe vn peu,
Apres auoir ietté ſon feu.
    Vingt mille hommes d'infanterie,
Et quinze de cauallerie,
Font le nombre des aſſiegeans,
Tres genereux & diligens;
Ce qui fait faire la grimaſſe,
Au petit monde de la place,
Dont cinq mille à les bien compter,
Sont en eſtat de reſiſter,
Pourueu, comme ils n'ont pas la mine,
Qu'ils s'exemptent de la famine;
Car en cas de prouiſion,
Au lieu d'eſtre à confuſion,
Ils n'en ont pas pour leur dent creuſe;
Noſtre armée au prix eſt heureuſe,
Pour tous les biens qui dans le camp,
Viennent à chaque bout de champ,
Produits par les frequens pillages,
Qu'elle fait dans tous leurs villages,
Sans comprendre le payement:

Qu'elle a receu tout fraischement.
Le vingt-six par certain espie,
ON sceut que l'armée ennemie,
Estoit des-ja pres de Douay,
Et qu'elle marchoit vers Cambray;
Mais la nostre s'en bat les fesses,
Et pretend la tailler en pieces,
En cas qu'elle osast y venir,
Et la place ne peut tenir,
A ce qu'ON dit que six semaines,
Les preuues en sont tres certaines,
Si tous nos trauaux commencez,
Ne sont par leurs gens trauersez:
Dieu veuille que la profetie,
Soit selon nos veux accomplie,
Et que nous puissions apres tout,
En venir promptement about.

Pour changer vn peu de matiere,
ON vous auoit promis n'aguere,
De vous parler du traittement,
Que Londres fit au Parlement,
Comme à ses Generaux d'armée,
La veuille de cette iournée,
Ces Messieurs furent inuitez,
Par Commissaires Deputez,
A ce festin si magnifique,
Dressé dans la salle publique,
Qu'ON appelle des Epiciers,
L'heure du disner, Officiers,

Pompeusement les amenerent,
Et tous reglement s'y trouuerent.
Chacun dessus vn riche banc,
Prit seance selon son Rang,
Dans cette salle tapissee,
Ou mainte table estoit dressée,
L'Orateur honorablement,
Representant le Parlement,
Prit la place la plus notable:
Apres qu'ON eust conuert la table,
De mets exquis & precieux,
Et de vins frais delicieux,
ON ne parla plus que de boire,
Et de bien branler la machoire:
Le Milord Maire ayant disné,
Ainsi qu'ON l'auoit ordonné,
Au Parlement rendit l'espée,
En la maniere accoustumée,
Comme il l'auoit fait autrefois,
En cas pareil aux deffuncts Roys:
Et de peur que la populace,
Ne grondast ou fit la grimasse,
Quatre cens Iacobus de poids,
Furent ar notables Bourgeois,
Distribuez sans tricherie,
Affin de faire la frairie,
Mais, Messieurs, c'est assez causer,
Il faut qu'ON s'aille reposer.

Fin, le premier Iuillet 1649.

A PARIS,

Chez Estienne Hebert, au Mont Sainct Hilaire.

SVITTE DV BVRLESQVE

ON
DE CE TEMPS,
QVI SCAIT, QVI FAIT
& Qui dit tout ce qui s'eſt paſſé
de nouueau.

Troiſiéme Partie.

Puiſque tout le peuple eſt ſi rogue,
  Qu'il ſe deſgoute de prologue,
  Et que bien qu'il ſoit tres-joyeux,
  La pluſpart le treuue ennuyeux,
Tant leur fameliques ceruelles,
Sont ardentes les nouuelles,
Pour s'accommoder à leur mal,
Paſſant d'abort au principal.
† ON dit que le Roy de Pologne,
Affin d'auancer la beſogne,
S'eſtant efforcé d'obliger,
Les Coſaques de prolonger,
La treue, entr'eux deux expirée,
Laquelle luy fut refuſée ;
Voyant que dans leur proceddé,
Ils ne font que flatter le dé ;
A fait marcher ſur ſa frontiere,
En attendant l'armée entiere,
Vers Lemberg, nombre de guerriers,
Tant fantaſſins que Caualiers ;
De plus pour nouuelles leuées,
Commiſſions ſont deliurées,

A Prisenſki, qui d'Allemands,
Doit compoſer deux Regimens;
Dont la trouppe bien aſſortie,
De ſix mille hommes fait partie,
Que Bogeſlans Radziuil,
Prince genereux & ciuil,
Doit commander & la puiſſance,
En eſt donnée en ſon abſence,
A Tubalt General major,
Son Lieutenant, de plus encor,
De Dantzik le Magiſtrat offre,
Au Roy, force argent dans vn coffre,
Et les gens qui ſeront trouuez,
Qu'en la Pruſſe ON auoit leuez.
    Chmielniſki fait ſon poſſible,
Affin de ſe rendre inuincible;
Par ſes appreſts prodigieux;
Dont il ſemble morguer les Cieux;
Lors qu'il aura ioint à ſes trouppes,
Quatre-vingt mille frippeſoupes,
De Tartares qu'ON luy promet,
Et qui plus eſt de compte net,
Cinquante mille Moſcouites;
Il croit encor par ſes pourſuittes
Gaigner bien-toſt à ſon party,
Le puiſſant Prince Ragotzki;
Surquoy le Roy fait diligence,
De rompre cette intelligence,
Par ſes Deputez qui font voir,
A ce prince que ſon pouuoir,
Doit maintenir vne couronne,
Dont ſes ayeuls & ſa perſonne,
Ont receu faueurs & bien-faits;
Et pour entretenir la paix;
Les Traittans offrent d'aduantage,
De faire vn heureux mariage,
Du la ſeur dudit Ragotzki,

Auec le Prince Samoiſki.

De prague, à ce qu'ON nous rapporte,
Sept grands batteaux auec eſcorte,
Pour les malades Suedois ;
Le premier iour de l'autre mois,
Iuſqu'à Tetſchen ſur la riuiere,
Furent conduits en la maniere,
Selon qu'il eſtoit arreſté :
ON dit que pour ſa ſeureté,
Voyant tant de peuple fidelle,
En proceſſion ſolemnelle,
Leiour du tres-Sainct Sacrement,
Copey dans ſon Gouuernement,
Qui comprend la petite ville,
De peur d'vne rumeur ciuille :
Toutes ſes gardes redoubla.

A Ratisbonne ON s'aſſembla,
Du mois de May le vingt-cinquieſme,
Et la ſomme dés le iour meſme,
Accordée entre les traittans,
De Baviere, & des habitans ;
Par le Magiſtrat auec ioye,
Fut payée en belle monnoye,
Par luy furent pareillement,
Traittez fort magnifiquement ;
Les ſubdeleguez Commiſſaires,
Et les Officiers neceſſaires,
Imperiaux & Bavarois,
Fors ceux du Duc, qui toutesfois,
Bien humblement s'en excuſerent,
Et ſur le champ s'en retournerent :
Pour ce different terminé,
par vn accord inopiné,
Les Lutheriens dans leurs Temples,
En ont rendu graces tres-amples.

L'Empereur eſtant de retour,
Dedans Vienne tient ſa Cour,

Aprés vne paix claire & nette,
Dont il a conclu la Diette
De Presbourg, & fait deputer,
Vers l'Aga venu pour traitter,
Sur les frontieres de Hongrie,
Dont les Estats sans raillerie,
A l'Imperatrice en escus,
Ont donné nombre de *quibus.*
Ceux de Raab, en compagnie,
Se plaignent de la tyrannie,
Dont les traitte leur Gonuerneur,
Et font aussi la mesme honneur,
A c l y du fort de Gomorre,
Le Duc Vvirtemberg leue encore,
Pour le Roy d'Espagne, guerriers,
A passé montre aux cáualliers,
Qui sont dit ON prés de deux mille,
Proche de la susdite Ville,
Konigsmarc est dans Halberstat,
pour restituer cét Estat,
Auec toutes les dependances,
Du Dioceze & circonstances,
Entre les mains de l'Electeur
De Brandebourg son vray Seigneur,
Qui met des gens en son absence,
pour y restablir sa puissance,
Attendant qu'il y puisse aller.
  Les Estats deuoient s'assembler,
A Gluxstad, mais vne hanicroche,
Ayant fait monter dans son coche,
Le bon Chancelier Reinexen,
pour s'en aller à Dit-marsen,
ON a differé cette affaire,
Le Roy de Dannemarc va faire,
Encor équiper des vaisseaux,
Outre ceux qu'il a sur les eaux,
pour empescher ceux d'Angleterre,

Dé

De prendre route vers la terre,
De Sundt, & les battre au retour,
   Dans Hambourg le dixiesme iour,
De Iuin, Magnus de la Gardie,
Vint en tres-belle compagnie;
Il en partit six iours apres,
Pour Nuremberg, ou le procez,
Concernant la paix continuë,
Et sur tout depuis la venuë,
Du Courrier, à qui l'Empereur,
N'a dit touchant le poinct d'honneur,
Rien, sinon que sa rethorique,
N'auoit pû du Roy Catholique,
Obtenir ce Chef capital,
Sçauoir, de rendre Franxendal,
Que le Gouuerneur prend à tasche,
De fortifier sans relasche,
La fournit de biens à foison,
Et renforce la garnison,
Affin de souftenir vn siege,
Et de n'eftre pas pris au piege.
   Les Suedois fur ce refus,
Sont obftinez de plus en plus,
Et refufent les autres villes,
Et toutes les offres ciuilles,
Dont ON pretend les contenter;
Voulant simplement s'arrefter,
Aux conditions ordonnées,
Pour la paix depuis fept années.
Autrement ils font refolus,
De fe maintenir abfolus,
Dans tout ce qu'ils ont fur l'Empire,
Dont les Deputez à vray dire,
Ne font pas des moins empefchez.
   Deputez furent defpefchez,
Auec prefens à la Princeffe,
Dite la Landgraue de Heffe,

Par le Magiſtrat de Francfort,
Au retour des bains, tout d'abort,
Que l'ON ſceut qu'elle auoit fait pauſe,
Prés de ce pont, elle propoſe,
D'aller par Hanavv vers Caſſel.

Vn compliment bien ſolemnel;
Au Roy de la Grande Bretagne,
Auant qu'il ſe mit en campagne,
Fut fait par les Ambaſſadeurs,
De Portugal, lettre de pleurs,
Autrement de condoléance,
Et lettre de conjouyſſance,
L'vne pour le congratuler,
Et l'autre pour le conſoler,
Bien proprement empacquetées,
Par eux luy furent preſentées,
De la part du Roy leur Seigneur;
Et cela fait l'Ambaſſadeur,
Et l'vn des Plenipotentiaires,
Apres les adieux ordinaires,
Tous deux monterent à cheual,
Pour retourner en Portugal,
Dont vn des plus Illuſtres princes,
Fait leur charge dans ces prouinces.

Le prudent Marquis de Nizza,
N'agueres à Lisbonne aborda,
Apres ſon Ambaſſade en France,
Autre Seigneur de conſequence,
De ponte de Lima Seigneur,
Et le premier Ambaſſadeur,
Vers ſa Majeſté Tres-Chreſtienne;
D'Albuquerque, & cette ancienne,
Comteſſe de Villanoua,
Comme celle d'Atalaia,
Ont la meſme à ce qu'ON aſſure,
payé le tribut à nature.

A Naples, ON redoute fort,

Certains confreres de la mort,
party formé contre l'Espagne,
Qui dans la ville & la Campagne,
Quoy qu'vn d'eux ait esté pendu,
Fait tellement de l'entendu,
Qu'il n'est aucun qui n'apprehende,
D'estre frotté par cette bande.
　N'agueres la teste ON rogna,
Au Capitaine Falagna,
pour auoir dans les tintamarres,
Durant les ciuilles bagarres ;
Commandé quelque brigantin,
pour le peuple Napolitain,
Alessio trouué coupable,
D'vne faute à peupres semblable,
Fut en son propre original,
Mis à l'ombre dans l'Arcenal,
Sept soldats pour intelligence,
Suiuirent la mesme cadance.
Veu que des. ja le Viceroy
A tres-bien receu prés de soy :
Le Marquis de Vaste, ON s'estonne,
Comme le Duc de Matalone,
Ne se resout pas d'y venir,
Pezzola party pour punir,
Quelques Bandits sous Titarelle,
Dans vne escarmouche mortelle,
Au lieu de tuer ces vauriens,
A perdu cinquante des siens.
　A Rome ON a fait des prieres,
Au subject de quelques riuieres,
Et des pluyes qui dans maints lieux,
Ont fait des degasts furieux.
Les Espagnols font diligence,
De renoüer l'intelligence,
Du Pape & du Duc Parmesan,
Qui s'en veulent depuis vn an :

Les autres Princes d'Italie,
En sont en quelque ialousie,
Et secourent le Duc sous-main ;
Qui pretend dans l'Estat Romain,
Faire si bien son personnage,
Qu'il diuerira le rauage,
Des gens du Pape en son Duché.

Pour Ferrare ON a despesché,
Vn Mestre de Camp de remarque,
Chef des milices de la marque,
Oratio de Massimi,
Au lieu du Baron Mathei,
Qui marche auecque son armée,
Affin d'en deffendre l'entrée.

Vers Capo Dimonte dit-ON,
De Castro l'ample garnison,
A deffait plus dru que des mouches,
Dans de certaines escarmouches,
Vn Regiment *di Cavalli*,
Sous le Comte Gabrielli,

Les nouuelles qu'ON nous enuoye,
Nous donnent bien du rabajoye,
Touchant ce qu'ON auoit appris,
De ces Saïques, qu'auoient pris,
Les Venitiens, au contraire,
Chose qui nous doit bien deplaire,
Seize Galleres sur ces eaux ;
Ont esté par trente vaisseaux,
Ou Galleres de Barbarie,
Chargez d'hommes pour la Candie ;
Ioints ou pour mieux dire accrochez ;
Mais ce qui les a plus faschez,
Sont d'autres mauuaises nouuelles,
Que du Destroit des Dardanelles,
Ou vaisseaux Turcs estoient catis,
Sans coup ferir en sont sortis,
Et vont aussi deuers Candie,

pour

Pour rendre contre leur furie,
Le Golfe amplement assuré,
Vn corps d'armée est preparé,
Affin d'en deffendre l'entrée,
La Republique est fort outrée,
De trois cens Chrestiens faits captifs,
Et de morts cinquante effectifs,
Par les Turcs qu'ils vouloient combattre,
Sous la courtine de Spalatre :
Pour nous en faire encor autant,
Ou pour quelque siege important,
Le Baffa, dit-ON, de Bosnie,
Rode tousiours en Dalmatie.

    Le peuple vient de tous costez,
Dans Milan voir les Majestez,
Du Roy d'Hongrie, & de la Reyne
D'Espagne, qui prirent la peine,
D'y visiter les Hospitaux,
Et Monasteres principaux :
La Feste-Dieu l'ON vit parestre,
Deuotement à la fenestre,
Du grand & superbe Palais,
Leurs Majestez dessous vn daix,
Pendant qu'en pompe magnifique,
Procession auec Musique,
Passa fort solemnellement.

    La Reyne est triste extremement,
De ce qu'à Madrid ON denie,
De receuoir le Roy d'Hongrie,
Qui ne differe son retour,
Qu'à dessein d'attendre le iour,
De cette magnifique entrée,
Qu'ON a pour sa sœur preparée ;
A quoy l'Espagnol attaché,
Est de telle sorte empesché,
Qu'ils ne songe à nulle autre chose,
Pendant qu'à Turin l'ON dispose,

La place à le bien recèuoir ;
Et que le Duc fait son deuoir,
De fortifier ses frontieres,
Et les passages des riuieres ;
Le Prince Dom Emanuel,
Son General perpetuel,
Vers le Biellois prend sa traitte ;
Comme le Comte de Morette,
Gouuerneur du Comté d'Asti,
pour s'y rendre est des-ja parti.
Peste en Espagne continuë,
Et tout le monde y diminuë.

Le Roy d'Angleterre abborda,
Bien accompagné dans Breda ;
L'artillerie à son entrée,
Par trois diuerses fois tirée ;
Les Bourgeois, & le Gouuerneur,
Le receurent en grand honneur.

Il court vn bruit, mais ON en doute,
Qu'vn grand vaisseau prenant la route,
D'Irlande, ou ce Prince auoit mis,
Cent quarante officiers choisis,
Aux enuirons de la Hollande,
Fut accroché par vne bande,
De parlementaires Anglois ;
Mesme les vaisseaux Hollandois,
Commis pour luy seruir d'escorte,
Furent grippez de mesme sorte :
Le Prince d'Orange aux Estats,
Va conter cette estrange cas,
Et consulter sur cette affaire.

Les Escossois n'ont daigné faire,
Responce au parlement Anglois,
Et pour luy donner sur les doigts,
Tous les iours s'augmente la liste,
De ceux du party Royaliste
Dans l'Escosse, ou pour desgager ;

Le Marquis d'Argille en danger,
Cromvvel pretend bien-toſt ſe rendre.
   D'Irlande l'ON nous fait entendre,
Que le party contraire au Roy,
Sans dire, pour qui, ny pourquoy,
Tourne caſaque & ſe debande;
Celuy du Viceroy d'Irlande,
Braue & vaillant Marquis d'Ortmond,
Plus reſolu qu'vn rodomond,
A mis deuant Dublin le ſiege;
Dont de peur d'eſtre pris au piege,
Le Gouuerneur s'eſt mis aux champs,
Auec gens qui font les meſchants;
Pour ietter dans quelqu'autre place,
Que ledit Viceroy menace;
Ayant ja pris à ces clabots,
Le Chaſteau Shaming & Talbots.
   Le Prince Robert & ſon frere,
Se tiennent touſiours d'ordinaire,
A Kingſale, ou vaiſſeaux Anglois,
Eurent n'agueres ſur les doigts,
Et l'Amiral auec ſa ſuitte,
Fut contraint de prendre la fuitte.
   A Londres enſuitte du feſtin,
L'Eſguiere d'or & le baſſin,
Furent preſentez par la ville
A Fairfax; à Cromvvel deux mille,
Liures ſterlin dans vn drageoir.
Les preſcheurs qui font leur deuoir,
D'animer pour la Republique,
Ont recompenſe magnifique.
Malgré leur procedé brutal,
Grands feux de ioye au iour natal,
Du Roy de la Grande Bretagne;
Par la ville & par la campagne,
Furent faits auec carillon.
   Certain Courrier ou poſtillon,

Nous apprend que dans la Prouence, Les trouppes de la Vveſtphalié.
ON s'eſt ſauonné d'importance; Le ſieur Mareſchal de Rantzau,
Le Comte d'Alets irrité, Eſt touſiours dedans le Chaſteau,
Qu'ON euſt ſans ſon authorité, De Vincennes, quant à ſa femme,
Mis quelques troupes en campagne, Auec le deſplaiſir dans l'ame,
Outre que la flotte d'Eſpagne, Ayant eſté par cy deuant,
Auoit ſur nos coſtes paru; A Calais dans vn Conuent,
Arma de pouuoir abſolu, Elle a depuis eu la licence,
Quelque deux cens ſoixante Maiſtres, D'aller à Meaux en aſſurance,
Qui ſçachant aſſez bien les eſtres, Le ſieur la Grillonniere auſſi,
De ce pays ſi rabotteux, Major de Dunquerque eſt ſorti
Sous vn Chef des plus genereux; De Graveline & prend la peine,
Affronterent auec furie, De ſe retirer en Touraine,
Cinq cens hommes d'infanterie, Son Secretaire meſmement,
Et quelques deux cens Prouençaux, A receu le commandement,
Montez deſſus des grands cheuaux, Des qu'il fut ſorty de la blouze,
Et les ſeignerent ſans ventouze, D'aller demeurer à Thoulouze.
Auprés du Chaſteau d'Eſpinouze: Qand eſt au ſiege de Cambray,
Pluſieurs y furent baſourdis, ON n'en ſçauroit rien dire au vray;
Des plus nobles & plus hardis, Si l'ON a manqué cette ville,
Auſſi le ſieur de Ville-franche. Les Allemands en faiſant gille,
Chef dudit ſieur Côte, euſt l'eſclache, Affin d'emporter leur butin,
Lardée d'vn coup de mouſquet, En ſont la cauſe pour certain:
Et ſon cheual eut ſon pacquet. ON a receu quelques nouuelles,
L'Archi-duc party de Bruxelles, Qu'il eſt r'aſſiegé de plus belles,
Auec quelques trouppes nouuelles, Mais cela n'eſt pas aſſuré:
Le dix-ſeptiéme du paſſé; A Paris tout eſt preparé,
Apres auoir bien tracaſſé, Sur l'eſperance qu'ON nous donne,
A joint à la fin ſon armée; Qe leurs Majeſtez en perſonne,
Dont la pluſpart eſt arreſtée, Y doiuent venir dans huict iours;
Tout aux enuirons de Doüay: Dans la ville & dans les faux-bourgs,
Ce Chef va tantoſt à Tournay, Ce brüit met tout le monde en ioye,
Valencienne & vers l'Iſle, Pour le bien que Dieu nous enuoye,
Par vne maxime ſubſtille, A Compiegne toute la Cour,
Affin de cacher ſon deſſein: Eſt depuis ſix iours de retour,
ON nous aſſure pour certain, Où le grand Maiſtre ſe doit rendre
Que de ſes gens vne partie, Demain côme ON nous fait entedre;
A, la Mothe aux bois inueſtie. Voila ce qu'ON vous fait ſçauoir,
A Cologne ON dit que Lamboy, ADieu vous dis, bon iour, bon ſoir.
Se tient encores clos & coy,
En attendant que l'ON r'allie,

Fin de la 3. Partie le 6. Iuillet 1649.

A PARIS,

Chez ESTIENNE HEBERT, au Mont Sainct Hilaire.

SVITTE DV BVRLESQVE
ON
DE CE TEMPS,
QVI SCAIT, QVI FAIT
& Qui dit tout ce qui s'eſt paſſé
de nouueau.

Quatriéme Partie.

Beaucoup ſe plaignent, mais ſans cauſe,
Qu'ON ne nous dit aucune choſe,
Dont la Gazette n'ait parlé,
Et qu'vn grand temps s'eſt eſcoulé,
Entre la choſe, & ces nouuelles,
Pour deſabuſer les ceruelles,
Qui tiennent vn peu de l'oiſon ;
ON vous dit pour toute raiſon,
Que ſi iugeant à l'apparence,
ON voit ſi peu de difference,
Entre ces deux relations ;
La verité des actions,
Et conformité des memoires,
Dont ils fabriquent leurs Hiſtoires
Cauſe cét aparent rapport :
Qu'ils ſoient auſſi touſiours d'accort :
ON en fait bien voir le contraire,
Ce qu'vn par maxime veut taire,
Accomoder ou deſguiſer,
Ce qu'ON appelle biaiſer ;
L'autre le dit ſans flatterie:
C'eſt à tort auſſi que l'on crie,

N

Qu'il ne picque pas assez bien,
Et que son burlesque entretien
Marche lentement sous la presse ;
La cause de cette paresse,
Est la crainte d'estre blasmé,
Pour n'estre pas bien informé,
Ou qu'il fallust se contredire,
Dont Gazette ne fait que rire ;
Elle a son dit & son dedit,
Quoy qu'elle soit fort en credit,
Et nous en fait souuent acroire,
C'est assés, passons à l'Histoire.

   Le Roy de Pologne est apres,
Et fait tous les iours ses apprets,
Pour mettre sur pied son armée,
Dont il fait faire l'assemblée,
Pres de Luxavv : sa Majesté,
A pareillement aresté,
De s'y transporter le quinziesme
Du mois de Iuin, dans ce temps mesme
Radziuil doit leuer ses gens,
Sa moisʞi fait à ses despens,
Vn regiment d'infanterie,
Du Chancelier la compagnie,
Va renforcer la garnison
De Lublin, à qui ce dit ON,
Les Cosacques vont faire niche,
Ou quelqu'autre piece de triche :
Chimmelnisʞi leur general,
A des-ja donné le signal,
Pour faire marcher ses barbares ;
Bien que le grand Cam des Tartares
S'excusant que sa legion,
Estoit par la Contagion,
Reduitte en piteuse posture ;
N'ait pu dans cette conjunture,
Luy donner le seçours promis,

Contre leurs communs ennemis.

Le trentiefme May dans l'Eglife,
La Reyne veufue que l'on prife,
Comme vn miracle fans pareil,
En vn magnifique appareil,
Par vn fauorable hymenée,
Au Roy d'aprefent fut donnée,
Frere du Roy le dernier mort :
Ce qu'vn chacun admire fort,
De voir que par certains myfteres,
Elle ait eu pour Efpoux deux freres,
Et tout deux Roys confecutifs ;
De dire les preparatifs
De cette nopce magnifique,
Le feftin, le bal, la mufique,
Ce feroit vn trop long recit.

Sur le Danube, à ce qu'ON dit,
La barque de chancellerie,
Auec fes papiers eft perie,
Dont l'Empereur à fon retour
De Presbourg, au lieu de fa Cour,
A tefmoigné quelque trifteffe;
Les Turcs font toufiours quelque piece
Chez les Hongrois, & leurs degats
Incommodent fort ce climats.

Les gens d'autour de Ratisbonne,
Voyans approcher en perfonne,
Vlrich de Vvirtemberg, ont eu
De la peur qu'ils auoient conceu,
A voir fes troupes en campagne,
Qu'il conduit pour le Roy d'Efpagne,
Vn tel friffon qu'ils auoient mis
Leurs principaux meubles de prix
En feureté dans cette Ville;
Mais ayant fceu que le foudrille
Tiroit fes gueftres vers le Rhin,
Ils fe font remis à leur train.

ON dit qu'au generaliſſime
Prince Palatin magnanime,
De Leipſic le bon Magiſtrat,
Pour vn peu ſoulager l'Eſtat,
Des Suedois qui ne font mine,
D'aller faire ailleurs leur cuiſine;
A ſa requeſte preſenté;
Surquoy ce prince a proteſté,
Que dans vn mois tous ſes ſoudrilles,
Traiſneront ailleurs leurs guenilles;
Mais qu'il faſſe continuer
Cette ville à contribuer,
Comme elle à fait iuſqu'à ce terme.

Le Suedois demeure ferme,
Touchant le point de Frankendal:
Les Imperiaux font tres-mal,
De n'y vouloir point donner ordre,
Et de ne pas faire démordre,
L'Eſpagnol de force ou de gré,
Comme ils en auoient aſſeuré;
Se contentant pour tout potage,
D'offrir certain autre auantage,
Au Suede & ſes alliés,
Et ſous ces deſſeins palliés,
Eludant la paix d'Allemagne,
Supportent l'intereſt d'Eſpagne.

Mais le general Vvirtemberg,
Ayant apris qu'à Nuremberg,
ON expedioit point d'affaire,
A pris vn deſſein tout contraire,
Et ne parle plus maintenant,
De rendre comme auparauant,
La petite ville de Prague;
Ou, pour monſtrer qu'il les incague,
Il a fait l'onzieſme de Iuin,
Tranſporter du canon de Grim,
Auec nombre d'infanterie,

Qu'il

Qu'il a tiré de Morauie.

A Stokolm maints meubles de prix,
Par Suedois dans Prague pris,
Et toute la fleur du pillage,
Furent apportés sans n'aufrage.

Les Suedois pareillement,
Ne se preparent nullement,
A déguerpir du Diocese
D'Halberstad, ny d'y mettre à l'aise
L'Electeur de Brandebourg, si
Par l'Espagnol n'est consenti,
De terminer cette assemblée,
Qui par son refus est troublée.

Ces iours, de Treues l'Electeur
Enuoya son Coadjuteur
A Nuremberg auec bon tiltre:
Les Chanoines de ce Chapitre
Dans ledit Treues sont rentrés,
Dont ils s'estoient tous retirés,
Et vers Comblens auoient fait gille,
Dés que le fort de cette ville,
Fut rendu comme ON nous a dit.

De Stokolm, n'agueres partit
Auec sa nouuelle compagne
Pour retourner en Allemagne,
Sur vne barque ou sur vn bac,
Le Duc Auguste de Sultzbach:
Le Comte Gustaue de mesme,
Pour chasser cette couleur blesme,
Qui luy vient d'vn coup de mousquet,
Qui n'est pas guery tout à fait;
Resout de se mettre en campagne,
Et d'aller aux bains d'Allemagne,
Bien qu'à peine il soit de retour
De Finlande, dans cette Cour
L'Auguste Reyne de Suede,
A differé d'vn intermede,

Son faméux voyage d'Ypsal.
　Par vn Edit bien general
Le Roy Danois a fait entendre,
Que toutes gens qui voudroient prendre
Armes pour donner sur les doigts
A ceux du Parlement Anglois,
Pourroient apporter sur sa terre
Leur butin pris de bonne guerre.
Pour montrer que c'est tout à bon,
Vn vaisseau chargeant du charbon
A Gluxstad, sans tant de mysteres
Fut pris sur les Parlementaires.
　Dans Franc-fort le vingt-quatre Iuin,
Par le Magistrat vn festin,
Fut fait au Landgraue de Hesse,
Qui fut suiuy d'vne largesse,
D'vn vase d'argent ciselé,
Et d'vn beau cheual pommelé,
A Cassel en ceremonie,
Du Prince de Transsiluanie,
Le deputé vint l'autre iour,
Apres auoir fait vn grand tour
Par Lunebourg, Munster & Cleues,
Pour le sujet de quelques treues,
Le Prince Electeur Palatin,
S'y rendit le mesme matin.
　Les Imperiales cohortes,
De iour en iour se font plus fortes
Dans le Luxembourg ; & de plus,
Des regimens nouueaux venus
Du païs-bas les vont acroistre:
A Vverth ; ON a ja veu paroistre
Celles du General Lamboy:
Et le Duc Charles, que ie croy,
Qui vient de bien plumer le Liege,
Afin de former quelque siege,
Se va joindre à ce General,

Pour cheminer d'vn pas égal
Vers les frontieres de la Flandre,
Où l'Archiduc les doit attendre,
Dont les troupes sont vers Bouchain;
Quant à luy l'ON tient pour certain,
Qu'il est tousiours à Valenciennes,
Attendant qu'il fasse des siennes.
  Le vingt-quatre du mois passé,
Le sieur Brun homme bien sensé,
Cy-deuant Plenipotentiaire,
Maintenant extraordinaire
Du Roy d'Espagne Ambassadeur,
Fut à la Haye auec honneur
Receu, puis dans son audiance
Il monstra lettre de creance
En François, comme son discours,
Tout son train vestu de velours,
Pareillement à la Françoise;
Mais il s'est esmeu quelque noise,
Pour auoir en termes trop plats,
Parlé de Messieurs les Estats.
  Le Roy de la grande Bretagne
Le vingt-neuf se mit en campagne,
Et le mesme iour de Breda
Dedans Anuers il arriua,
Où parmy la ioye publique,
Dans l'ordre le plus magnifique,
Il fut receu par les Bourgeois;
Le deuxiesme du present mois,
Il en est party pour Bruxelles;
Mais changeons vn peu de nouuelles.
  ON dit que sept cens Castillans,
Quoy qu'ils fassent tant les vaillans,
Et qu'ils veulent qu'ON les redoute,
Furent tous mis à vauderoute,
En Auril, par les Portuguais,
Outre ceux qui furent deffaits,

Nombre de prisonniers de marque,
(Entre tous lesquels ON remarque
Le nepueu de leur General)
Furent grippés, que bien que mal:
Ce Seigneur depuis en eschange,
Pour vn Chef digne de loüange,
Comte de Fiesque, fut rendu :
Des leurs, Portuguais n'ont perdu
Que vingt-cinq dans cette escarmouche,
Entr'-autres le Sieur de la Touche
François, de qui le Lieutenant
Est en sa place maintenant.
    La crainte qu'ON a de la peste,
Qui dans l'Espagne est tres-funeste,
Sur tout à Seuille & Calis,
Rend les commerces abolis,
Et tout de plus prez s'examine,
Car ON craint aussi la famine,
Qui fait que de l'embarquement,
Deux vaisseaux d'auis seulement,
Vers les Indes ont pris leur route.
Portuguais mirent en déroute,
Dans le Brezil les Hollandois,
Il y a quelques quatre mois:
Cette Region desertée
Doit estre bien-tost gouuernée
Du Comte de Castel-Melhor.
De Lisbonne ON assure encor,
Que sa Majesté portuguaise
A, pour montrer qu'elle est bien-aise,
Fait rendre à Dieu publiquement,
Graces de l'accomodement,
Qui va restablir nostre France,
Dans sa splendeur & sa puissance.
    Bien qu'à Naples le Viceroy
Ait ja permis d'aller chez soy,
Au Marquis de Vasto, pour faire

Par

Par cette douceur exemplaire,
Reuenir les autres Seigneurs:
Les procedures & rigueurs
Contre Monte-Sarche exercées,
Leur donnent bien d'autres pensées;
La question la fait jazer,
Et des innocens accufer,
Qui ne font pourtant pas fi beftes,
Que d'y venir porter leur teftes :
Vn des Confreres de la mort
Du premier a fuiuy le fort;
Ce qui met cette Confrerie
Dans vne eftrange refuerie.
La fefte du S. Sacrement,
L'Archeuefque deuotement,
Fit fes fonctions ordinaires;
Mais comme il voit que fes affaires
Ne fe peuuent bien rajufter,
Il fe refout de permuter
Naples, pour ne plus viure en grogne,
A l'Archeuefché de Boulogne,
Que poffede le Cardinal
Ludouific, principal
Legat prez la Reyne d'Efpagne.
Pour elle s'eft mis en campagne,
   De Rome, le fieur Spinola,
Grand Euefque de Martera,
Comme Nonce extraordinaire
De fa Sainteté, pour luy faire
De la Rofe d'or le prefent,
Et de fa part vn compliment.
   Rome par les faintes merueilles,
Charma les yeux & les aureilles
Aux celebres Proceffions,
Des Eglifes, des Nations,
A la Fefte-Dieu ; la plus belle,
Aux iugemens de tous, fut celle

De Madona Del-Anima,
Où le Cardinal Colonna,
Protecteur d'Allemans; enſuite
Seize autres Cardinaux d'Elite,
Suiuirent le S. Sacrement:
A S. Louys pareillement,
Ceux de la nation de France
Firent voir leur magnificence.
A Rome eſt, dit-ON, treſpaſſé
Le ſeptieſme du mois paſſé,
Pere Caraffe originaire
Napolitain, ſexagenaire,
Des Ieſuiſtes General,
D'vn mal qu'il prit à l'Hoſpital.
   Lettre du ROY d'Eſpagne fut donnée
Touchant la Haquenée,
Et ſept mille eſcus d'or peſans,
Qu'au iour S. Pierre tous les ans,
Au PAPE auec magnificence,
Ce Roy donne en reconnoiſſance
Du Royaume Napolitain)
PAR Albornos vn beau matin,
Au genereux Prince Borgheſe,
Auec priere, qu'il luy plaiſe,
Au lieu de ſon Ambaſſadeur,
Faire de ſa part cét honneur:
Dont vn Prince, & le Conneſtable
Fruſtrés d'vn Employ ſi notable,
Teſmoignent d'eſtre meſcontens.
Il fait touſiours ſi mauuais temps,
Que les pluyes deſordonnées
Ont les campagnes ruinées;
Ce qui retient encor catis
Les ſoudrilles des deux partis,
Du Pape & du grand Duc de PARME,
Bien que de ſa part chacun arme,
Nonobſtant l'accomodement,

Dont ON traitte affes l'enterement,
Depuis les dernieres nouuelles
Qui chatoient que des Dardanelles,
Vaiffeaux Turcs s'eftoient euadés:
Memoires qu'ON nous à mandés,
Nous affeurent que cette armée,
Par la tempefte mal-menée,
S'eftant mife a Foglia-Secca,
Celle des Chreftiens l'attaqua,
Souz de riua leur Chef dont l'aage,
Ioignant la prudence au courage,
Fit tant que vingt-huiÄ Galions,
Chamaillans comme des lions,
Dans ce port eftroit, à la frotte,
Deffirent la Turquefque flotte,
De cent dix voiles pour le moins,
Dont ON n'a que trop detémoins.
  Enfin la Reyne Catholique,
A fait fon entrée authentique
Le dixfeptiefme du paffé,
Quand le mauuais temps à ceffé,
Dans Milan, où chaque feneftre,
Par trois foirs, pour faire pareftre
Ces carrouzels encor plus beaux
Ont ordre d'auoir des flambeaux,
Par le Gouuerneur Carcennes.
  Le quatorze eft parti de Gennes,
Le grand Cardinal montalto
Pour fe rendre audit Milano :
Pres de la Reyne Catholique
Vers qui, la Riche republique
De Lucques, à fait deputer
Certain pour la complimenter.
  Par tout, à ce que l'ON nous mâde,
La Réjoüiffance fut grande,
Et notamment dedans Thurin
Le vingtiefme du mois de Iuin,
Iour natal du Duc de Sauoye;
Auquel toute la Cour en joye,
En fuitte des deuotions,
Donna les Recreations,
Dans Valentin à fou Alteffe:
A la Ioufte parut l'adreffe,
Du Prince Thomas des premiers,

Et de nombre de Caualiers;
Les Canons & feux d'artifices,
Mirent fin à ces exercices;
Sur le foir lors que cette Cour
Fut dans la Ville de retour.
  Dublin Capital d'Irlande,
Eft fiegée à ce qu'ON nous mâde,
Par les troupes du Vice-Roy
Marquis d'Orthmöd, qui fous fa loy
A defia reduit maintes Villes,
Pendant que marche file à file
Le Parlementaire fecours,
Qui pretéd ioindre en peu de iours
Le Gouuerneur de cette place,
Dont pour augmenter la difgrace,
La flotte du Prince Robert
Ne laiffe aucun paffage ouuert,
Afin d'empefcher la defcente
Du fecours, que Cromuuel fe vante
De donner à ce Gouuerneur.
  ON receut auec grand honneur
A Kirkaldi les Commiffaires,
Qui rapportoient pour les affaires
Concernantes les Efcoffois,
De la part du Roy des Anglois,
Vne Refponfe fauorable.
ON tient auffi pour veritable,
Qu'en Irlande vingt mille armés
Pres d'Vlfter, font fort animés
Pour fa Majefté Britannique,
En cas que par fa politique
Il fatisfaffe aux Efcoffois;
Dans Edimbourg affez de fois
Leur petit Parlement s'affemble,
Quoy qu'ils ne faffe rien ce femble
Qu'abufer toufiours le tapis:
Le Docteur Hibalt par luy pris,
Pour auoir blafmé l'iniuftice
De cét execrable fupplice,
Qu'ON a fait fouffrir au feu Roy;
Moyennant argent, que ie croy,
Eft maintenant forty de cage.
  Cromuuel fouffrit vn grand outrage
Son caroffe s'eftant rompu,

D'vn tas de petit Peuple efmu
Qui l'ei toura, l'appelant traiftre
D'auoir occis le Roy fon maiftre,
Tant qu'à grand peine il le fauua:
Le commun Confeil ordonna
Pour L'Irlande, Ireton fon gendre:
Ce Confeil fit auffi deffendre,
D'achepter du fel eftranger,
fur ce qu'vn certain menager
A trouué le moyen d'en faire,
Par vn Arreft Parlementaire
Au fieur Comte de Leycefter;
Le petit Duc de Glocefter
Et fa ieune fœur, la Princeffe
Furent commis en charge expreffe,
Pour eftre nouris la dedans
Simplement comme fes enfans,
Bien qu'ils foient fils de la Couróne.
Ce parlement dit-ON ordonne
Six mille foldats en Efté,
Sur les mers pour la feureté,
Du commerce & ports de cette Ifle,
Et l'Hyuer feulement trois mille.
Touchant le fecours de Cambray
Qui vint du cofté de douay,
ON attend à l'autre Ordinaire
A vous en conter le miftere,
Et vous rendre raifon de tout,
De point en point, de bout en bout:
Leurs Majeftez au Duc Danuille,
Pour fon feruice tres vtile,
Apres auoir fait le ferment
Commirent le Gouuernement,
Du L'imofin vacant n'aguere
Par la mort de monfieur fon frere:
Le Roy pareft des plus contens
Et paffe à Compiegne le temps

Au Royal plaifir de la chaffe,
Ce qu'il fait auecq tant de grace,
Qu'il y rauit toute la Cour:
Le iour qu'elle y fut de retour,
La iuftice & le corps de Ville,
Par vne harangue fort ciuille,
Affurerent leurs Majeftés,
De leurs feruentes volontés,
Et de leur ioye incomparable,
Pour vn retour fi fauorable.
Tout Paris s'eftoit preparé,
Sur ce qu'ON l'auoit affeuré.
Qu'ils reuéidroiét par leur prefece,
Honorer ce cœur de la France:
Mais fon Alteffe l'autre iour,
Nous affeura que ce retour,
N'eftoit differé que pour caufe:
Il dit encor quelqu'autre chofe,
Qu'ON remet pour vn autre fois.
Le huictiefme du prefent mois,
Par vne belle matinée,
Sadite Alteffe eft retournée,
Pour aller retrouuer la Cour:
De Paris le neufuieime iour,
La Reyne de la grand'Bretagne,
Fit mettre cheuaux en campagne,
Et fix caroffes bien garnis,
Pour aller attendre fon fils
A Perrone & de là conduire,
Comme fa Majefté defire,
Ce Roy courtois à S. Germain,
Pour s'y rendre le lendemain,
Mais enfin voila lefcarcelle,
Tout à fait vuide de nouuelle.
ON n'a plus rien à defmefler,
Et chacun s'en peut en aller.

Fin de la 4. Partie le 12. Iuillet 1649.

A PARIS,

Cez Estienne Hebert, au Mont Sainct Hilaire.

www.ingramcontent.com/pod-product-compliance
Lightning Source LLC
Chambersburg PA
CBHW061605180626
46818CB00005B/1956